· 毛毛草丛书 ·

心 远 集

毛 子◎著

知识产权出版社
全国百佳图书出版单位

图书在版编目（CIP）数据

心远集／毛子著．—北京：知识产权出版社，2016.8
（毛毛草丛书）
ISBN 978-7-5130-4169-0

I.①心… II.①毛… III.①诗词—作品集—中国—当代
IV.①I227

中国版本图书馆CIP数据核字（2016）第147686号

责任编辑：赵　军　　　　责任校对：董志英
封面设计：邓媛媛　　　　责任出版：刘译文

心　远　集
毛　子◎著

出版发行：知识产权出版社有限责任公司　　网　　址：http://www.ipph.cn
社　　址：北京市海淀区西外太平庄55号　　邮　　编：100081
发行电话：010-82000860 转 8101/8102　　发行传真：010-82000893/82005070
责编电话：010-82000860 转 8127　　　　责编邮箱：zhaojun@cnipr.com
印　　刷：北京中献拓方科技发展有限公司　　经　　销：网上书店、新华书店
开　　本：787mm×1092mm　1/16　　印　　张：7
版　　次：2016年8月第1版　　　　　　印　　次：2016年8月第1次印刷
字　　数：169千字　　　　　　　　　　定　　价：38.00元
ISBN 978-7-5130-4169-0

目　录

一、山水建筑

忆江南·山里红……………………………………… 二

五律·山石…………………………………………… 三

清平乐·空山鸟鸣…………………………………… 四

五律·百花山………………………………………… 五

鹧鸪天·江南………………………………………… 六

七律·坨山春景……………………………………… 七

五绝·华山…………………………………………… 八

七律·南山…………………………………………… 九

七律·伊瓜苏………………………………………… 一〇

天净沙·小路………………………………………… 一一

七律·黄河壶口 ……………………………… 一二

五律·草原 ……………………………………… 一三

天净沙·黄沙 ………………………………… 一四

七绝·梨花庵 ………………………………… 一五

五律·冬天九寨 ……………………………… 一六

七律·田园 …………………………………… 一七

五律·幽静 …………………………………… 一八

瑞龙吟·桃花坞 ……………………………… 一九

七绝·西安古城 ……………………………… 二〇

五绝·兵马俑 ………………………………… 二一

五绝·华清池 ………………………………… 二二

天净沙·荒漠 ………………………………… 二三

五绝·家园 …………………………………… 二四

蝶恋花·城堡 ………………………………… 二五

七律·情归雨巷 ……………………………… 二六

武陵春·紫色小镇 …………………………… 二七

七律·又进卢浮宫 …………………………… 二八

双调南柯子·曲径通幽 ……………………… 二九

七绝·布拉格 ………………………………… 三〇

醉花阴·人间趣 ……………………………… 三一

二、花草树木

八至·四君子 ………………………………… 三四

七绝·四君子 ………………………………… 三五

一七令·梅 …………………………………… 三六

临江仙·梅花 …………………………………… 三七

五绝·雪梅…………………………………… 三八

卜算子·咏梅 …………………………………… 三九

七绝·一剪红梅…………………………………… 四〇

七律·梅花泪 …………………………………… 四一

一七令·兰 …………………………………… 四二

忆王孙·兰花…………………………………… 四三

七绝·空谷幽兰…………………………………… 四四

一字至七字诗·竹…………………………………… 四五

五绝·竹清…………………………………… 四六

江城子·竹节…………………………………… 四七

五绝·竹林…………………………………… 四八

一七令·菊…………………………………… 四九

五绝·菊仙…………………………………… 五〇

五绝·菊花球…………………………………… 五一

五绝·菊花姑娘…………………………………… 五二

画堂春·合欢…………………………………… 五三

七律·牡丹…………………………………… 五四

蝶恋花·水莲…………………………………… 五五

七律·紫薇…………………………………… 五六

五绝·百花…………………………………… 五七

浣溪沙·雪莲花 …………………………………… 五八

七律·花海 …………………………………… 五九

虞美人·小花…………………………………… 六〇

一七令·花…………………………………… 六一

踏莎行·昙花…………………………………… 六二

五绝·仙客来…………………………………… 六三

木兰花·朱顶红…………………………………… 六四

五绝·油菜花……………………………… 六五

如梦令·百花……………………………… 六六

五绝·薰衣草……………………………… 六七

五律·紫藤………………………………… 六八

五绝·紫罗兰……………………………… 六九

鹧鸪天·白雪玫瑰………………………… 七〇

五绝·秋夜玫瑰…………………………… 七一

五绝·古树………………………………… 七二

浪淘沙·胡杨林…………………………… 七三

三、蜂蝶鸟兽

五绝·海鸥………………………………… 七六

鹊桥仙·仙狐……………………………… 七七

浣溪沙·春燕……………………………… 七八

五绝·蝴蝶………………………………… 七九

天净沙·鸳鸯……………………………… 八〇

荷花杯·白鹭……………………………… 八一

十六字令·孔雀…………………………… 八二

蝶恋花·蝴蝶……………………………… 八三

诉衷情·蜜蜂……………………………… 八四

五律·鱼乐………………………………… 八五

步步娇·白鹤……………………………… 八六

调笑令·白马……………………………… 八七

谒金门·白鸽……………………………… 八八

点绛唇·白羊……………………………… 八九

天仙子·白天鹅·······································九〇

七绝·小精灵···九一

四、节气时令

五律·争春···九四

蝶恋花·望春···九五

蝶恋花·新春···九六

绛都春·立春···九七

七律·早春···九八

浪淘沙·踏春···九九

解连环·春暖花开·····································一〇〇

醉花阴·春早··一〇一

五律·醉清风··一〇二

卜算子·暖日··一〇三

七律·春恋··一〇四

五律·夏至··一〇五

七律·秋恋··一〇六

醉花阴·重阳··一〇七

长相思·无愁··一〇八

五绝·雪城··一〇九

渔家傲·瑞雪··一一〇

五绝·山雪··一一一

谒金门·回阳··一一二

忆秦娥·化雪··一一三

五绝·春秋··一一四

七律·春节快乐 ················· 一一五

菩萨蛮·过年 ··················· 一一六

五绝·初五子夜 ················· 一一七

五、多彩生活

七绝·八雅 ···················· 一二〇

七律·九雅 ···················· 一二一

五律·悠悠处 ·················· 一二二

七律·兴趣 ···················· 一二三

点绛唇·琴箫 ·················· 一二四

五绝·知行 ···················· 一二五

七绝·创作 ···················· 一二六

一七令·书 ···················· 一二七

七绝·写书 ···················· 一二八

五绝·沧桑 ···················· 一二九

五绝·微缩盆景 ················ 一三〇

七律·清静 ···················· 一三一

钗头凤·月下 ·················· 一三二

五律·酒友 ···················· 一三三

七绝·醉酒 ···················· 一三四

五律·咂摸 ···················· 一三五

七律·聊天 ···················· 一三六

醉花阴·有趣 ·················· 一三七

五绝·古琴 ···················· 一三八

五绝·围棋 ···················· 一三九

七绝·品茶⋯⋯⋯⋯⋯⋯⋯⋯⋯⋯⋯⋯⋯ 一四〇

五律·麻将⋯⋯⋯⋯⋯⋯⋯⋯⋯⋯⋯⋯⋯ 一四一

五律·旗袍⋯⋯⋯⋯⋯⋯⋯⋯⋯⋯⋯⋯⋯ 一四二

七律·生活色彩⋯⋯⋯⋯⋯⋯⋯⋯⋯⋯⋯ 一四三

六、感物怀人

五律·院子⋯⋯⋯⋯⋯⋯⋯⋯⋯⋯⋯⋯⋯ 一四六

五绝·幼儿记忆⋯⋯⋯⋯⋯⋯⋯⋯⋯⋯⋯ 一四七

五律·童年乐⋯⋯⋯⋯⋯⋯⋯⋯⋯⋯⋯⋯ 一四八

长相思·娇羞⋯⋯⋯⋯⋯⋯⋯⋯⋯⋯⋯⋯ 一四九

五律·儿时⋯⋯⋯⋯⋯⋯⋯⋯⋯⋯⋯⋯⋯ 一五〇

七律·晨妆⋯⋯⋯⋯⋯⋯⋯⋯⋯⋯⋯⋯⋯ 一五一

长相思·思情⋯⋯⋯⋯⋯⋯⋯⋯⋯⋯⋯⋯ 一五二

天净沙·牵挂⋯⋯⋯⋯⋯⋯⋯⋯⋯⋯⋯⋯ 一五三

五绝·尊重⋯⋯⋯⋯⋯⋯⋯⋯⋯⋯⋯⋯⋯ 一五四

天净沙·情深⋯⋯⋯⋯⋯⋯⋯⋯⋯⋯⋯⋯ 一五五

长相思·惜缘⋯⋯⋯⋯⋯⋯⋯⋯⋯⋯⋯⋯ 一五六

五律·缘分⋯⋯⋯⋯⋯⋯⋯⋯⋯⋯⋯⋯⋯ 一五七

长相思·灵犀⋯⋯⋯⋯⋯⋯⋯⋯⋯⋯⋯⋯ 一五八

五绝·挚友⋯⋯⋯⋯⋯⋯⋯⋯⋯⋯⋯⋯⋯ 一五九

七绝·知音⋯⋯⋯⋯⋯⋯⋯⋯⋯⋯⋯⋯⋯ 一六〇

何满子·依依⋯⋯⋯⋯⋯⋯⋯⋯⋯⋯⋯⋯ 一六一

七绝·为谁⋯⋯⋯⋯⋯⋯⋯⋯⋯⋯⋯⋯⋯ 一六二

点绛唇·报恩⋯⋯⋯⋯⋯⋯⋯⋯⋯⋯⋯⋯ 一六三

长相思·晚情⋯⋯⋯⋯⋯⋯⋯⋯⋯⋯⋯⋯ 一六四

声声慢·知己…………………………………… 一六五

七律·红尘相伴………………………………… 一六六

忆秦娥·父子…………………………………… 一六七

五绝·父爱……………………………………… 一六八

七律·夫妻……………………………………… 一六九

七律·已末感言………………………………… 一七〇

一剪梅·邓丽君………………………………… 一七一

减字木兰花·赵丽蓉…………………………… 一七二

相见欢·曹雪芹（一）………………………… 一七三

七律·曹雪芹（二）…………………………… 一七四

鹧鸪天·红楼梦………………………………… 一七五

浪淘沙·宝玉…………………………………… 一七六

钗头凤·黛玉…………………………………… 一七七

楚辞·湘云……………………………………… 一七八

定风波·湘莲…………………………………… 一七九

天仙子·宝钗…………………………………… 一八〇

七、格物偶得

七绝·禅悟……………………………………… 一八二

五绝·禅韵……………………………………… 一八三

更漏子·禅静…………………………………… 一八四

八至·真善美…………………………………… 一八五

七律·祝福歌…………………………………… 一八六

江城子·风骨…………………………………… 一八七

七律·乐观……………………………………… 一八八

七绝·反做⋯⋯⋯⋯⋯⋯⋯⋯⋯⋯⋯⋯ 一八九

诉衷情·回乡⋯⋯⋯⋯⋯⋯⋯⋯⋯⋯⋯ 一九〇

五绝·柳枝⋯⋯⋯⋯⋯⋯⋯⋯⋯⋯⋯⋯ 一九一

七绝·清欢⋯⋯⋯⋯⋯⋯⋯⋯⋯⋯⋯⋯ 一九二

青玉案·白马⋯⋯⋯⋯⋯⋯⋯⋯⋯⋯⋯ 一九三

如梦令·梦境⋯⋯⋯⋯⋯⋯⋯⋯⋯⋯⋯ 一九四

七绝·墨影⋯⋯⋯⋯⋯⋯⋯⋯⋯⋯⋯⋯ 一九五

七律·敬畏⋯⋯⋯⋯⋯⋯⋯⋯⋯⋯⋯⋯ 一九六

五律·原木家具⋯⋯⋯⋯⋯⋯⋯⋯⋯⋯ 一九七

七律·懂得⋯⋯⋯⋯⋯⋯⋯⋯⋯⋯⋯⋯ 一九八

五律·心性⋯⋯⋯⋯⋯⋯⋯⋯⋯⋯⋯⋯ 一九九

风入松·悟性⋯⋯⋯⋯⋯⋯⋯⋯⋯⋯⋯ 二〇〇

五律·女人性格⋯⋯⋯⋯⋯⋯⋯⋯⋯⋯ 二〇一

七律·韵致⋯⋯⋯⋯⋯⋯⋯⋯⋯⋯⋯⋯ 二〇二

虞美人·思绪⋯⋯⋯⋯⋯⋯⋯⋯⋯⋯⋯ 二〇三

五绝·韵味女人⋯⋯⋯⋯⋯⋯⋯⋯⋯⋯ 二〇四

七律·阅读人生⋯⋯⋯⋯⋯⋯⋯⋯⋯⋯ 二〇五

永遇乐·文学之人⋯⋯⋯⋯⋯⋯⋯⋯⋯ 二〇六

七律·人生过路⋯⋯⋯⋯⋯⋯⋯⋯⋯⋯ 二〇七

桂枝香·认识自己⋯⋯⋯⋯⋯⋯⋯⋯⋯ 二〇八

五律·甲子⋯⋯⋯⋯⋯⋯⋯⋯⋯⋯⋯⋯ 二〇九

醉花阴·夕阳⋯⋯⋯⋯⋯⋯⋯⋯⋯⋯⋯ 二一〇

七律·晚年⋯⋯⋯⋯⋯⋯⋯⋯⋯⋯⋯⋯ 二一一

六州歌头·平心看⋯⋯⋯⋯⋯⋯⋯⋯⋯ 二一二

一、山水建筑

忆江南·山里红

坡头上，又见山里红。

没有孟夏桃和杏，黄昏最喜夕阳明。

红果染秋风。

五律·山石

独坐高山顶，千年岿不动。

无畏酷暑烤，何惧严寒冻。

头上鸟兽停，身旁荒草涌。

一生快乐多，不为成风景。

清平乐·空山鸟鸣

空山雪后，百兽皆无吼。
冷冷清清林木静，雪落枝头颤抖。
忽然翠鸟低鸣，山中遍野回声。
婉转悠扬悦耳，更觉山谷幽空。

五律·百花山

畅快游山转，神仙如意瞰。

低头绿草香，举目蓝天湛。

空气氧吧间，鲜花博物馆。

若为景色迷，久住贤光院。

鹧鸪天·江南

缥缈云烟梦幻天，红花绿草忆江南。

轻摇柳树黄黄淡，微眺湖光浅浅蓝。

鸭水暖，鸟鸣欢。

乱红绕转落桥边。

池中野鹤闻荷懒，亭里闲人听雨眠。

七律·坨山春景

东山岭上柿花黄，
西峪沟中梨花香。
南观坡头桃李粉，
北营坝下杏出墙。
水帘洞外蜂蝶逛，
百草园间蚂蚱忙。
小苑村前杨柳绿，
石河水面鸟飞翔。

五绝·华山

险峻在华山，
青松云里见。
雏鹰展翅飞，
老骥千山远。

七律·南山

梦想居家可种田，
悠然坐赏望南山。
夕阳西下菊花美，
晨露日升麦苗鲜。
自己开荒无地产，
亲朋种地有田园。
辛劳快乐天天享。
果菜鲜花日日观。

七律·伊瓜苏

南美三国交界处，
人间圣境伊瓜苏。
飞流溅起千花景，
雾跃虹飘万彩图。
瀑布洁白腾绿谷，
阳光灿烂跳银珠。
人间圣境无暇尽，
地上天堂有眼福。

天净沙·小路

鲜花泥土小路，绿草紫藤大树。
山上水边老屋。
蜂飞蝶舞，缤纷落英无数。

七律·黄河壶口

黄河古往育文明，
华夏传人赖以生。
大禹亲民劳治水，
驱灾百姓享安宁。
岸边游览云霞涌，
壶口观光瀑布腾。
水落白花飞万丈，
风吹紫雾跃长虹。

五律·草原

绿草红花阔，蓝天白马多。
云儿头上走，伸手可撩拨。
鹳鸟湖中落，牛羊坡上踱。
清晨嗅野味，傍晚看笙歌。

天净沙·黄沙

蓝天白雪黄沙，骆驼杨树寒鸦。

默默灵魂净华。

安宁在哪，晚阳明月朝霞。

七绝·梨花庵

涟涟春雨梨花庵，
小树林中仕女闲。
背影深情花耳鬓，
风吹秀发欲飘仙。

五律·冬天九寨

白雪漫山厚，银装九寨沟。

人来雪里走，鱼去水中游。

冰挂老崖首，雪拥新岗头。

风光掩更美，冰雪上一流。

七律·田园

苍茫大地静悄悄，
不见风吹摆树梢。
友客稀疏不寂寞，
花开艳丽无须瞧。
神情旷远魂无草，
心态平和魄有巢。
漫步田园能享乐，
清茶淡饭可终老。

五律·幽静

溪水静流淌，明月辉泛光。
闲云绕野鹤，幽谷转花香。
笔下走深浅，书中度漫长。
林中水畔坐，心静自然凉。

瑞龙吟·桃花坞

桃花坞。桃花坞里白红，万花桃树。

山边草顶人家，归来老叟，还居旧处。

上山路。小道崎岖彳亍，慢行漫睹。

初春绿草黄出，暗香飘动，红紫满目。

回想儿时懵懂，害羞偷去，探花芳楚。

愣愣出神凝伫，心跳如兔。

黄昏降幕，不记家何处。

今重见，仙源如故，蜂飞蝶舞。

桃树女人所属。枝杈横出，红皮铜镀。娇媚百花妒。

桃叶露，纷纷落花无数。断肠逝水，随风凄苦。

七绝·西安古城

西安旧日城墙老，
文化传承品位高。
梦想题名留雁塔，
文人今日有来朝。

五绝·兵马俑

始皇兵马俑，
千载立坑中。
战火千年灭，
无争万世宁。

五绝·华清池

五月华清池，

嫔妃歌丽日。

石榴又艳红，

蒋总还藏耻。

天净沙·荒漠

深夜急风狂沙，
野坡鬼叫心麻。
水断粮缺人爬。
驼铃声哑，
盼天明泪无涯。

五绝·家园

但愿有家园，
邀您来用膳。
鲜花满院香，
好酒神仙赞。

蝶恋花·城堡

城堡深深深几许，沟壑长长，台阶无重数。
四野空茫高突兀，楼高不见山前路。
叶飞风狂十月暮，门掩黄昏，无语悲凄楚。
泪眼问山山悲若，乱红飞过秋深处。

七律·情归雨巷

踽踽徜徉深雨巷。
蒙蒙雾霭添凄凉，
谁知是否能重见，
寂寞空寥愁姑娘。
夜梦经常见纸伞，
白天总是闻丁香。
纯情佳丽今何在，
冷冷微风淡淡汤。

武陵春·紫色小镇

遥远他乡一小镇，紫色两行行。

爱恋情人踏踏往，浪漫慢徜徉。

醉梦春光无限好，老伴入新房。

但愿真心可久长，赏美景，入天堂。

七律·又进卢浮宫

当年塞纳自出行，
今日卢浮再进宫。
少女衣着不避体，
殿堂艺术色为空。
投铁饼者姿未改，
蒙娜丽莎笑更萌。
浪漫河边走少女，
凄清湖畔坐老翁。

双调南柯子·曲径通幽

曲径轻轻走，通幽慢慢兜。

花竹两旁遮阴凉，洞里假山露透水滴漏。

又是弯弯瘦，何时到尽头。

山重水复哪来寻，柳暗花明人坐小山丘。

七绝·布拉格

老城面貌成文物，
建筑维修比样图。
世界古都博物馆，
一砖一瓦续原初。

醉花阴·人间趣

大海茫茫宽几许，万里无疆去。

怎比那春花，艳丽芬芳，人往神仙聚。

放眼南山菊满地，惊诧陶翁语。

莫道天堂美，月季葵花，哪有人间趣。

二、花草树木

八至·四君子

至高至洁梅开，
至纯至朴兰白，
至坚至硬竹骨，
至淡至雅菊海。

七绝·四君子

梅兰素雅品清高，
傲骨竹菊气质骄。
白雪阳春明月伴，
自尊自赏乐陶陶。

一七令·梅

梅

高雅　仙葩

香暗走　满天涯

寒风不怕　瑞雪轻压

西施头上戴　如是耳边插

滋阴壮阳泡酒　和胃护肝入茶

冬季常到岭坡红　春天总来百姓家

临江仙·梅花

都道梅花没有泪，严寒冷峻冰垂。

皑皑白雪压欲坠。

温阳还好过，最怕北风吹。

所以冬天花吐蕊，心急烂漫芳菲。

幽幽暗香引蝶回。

争春苦来俏，美丽冻人追。

五绝·雪梅

傲雪冷梅花，
春来香泪洒。
寒霜赤子心，
火热坚冰化。

卜算子·咏梅

寒月冬未走，暖日春早来。
河边垂柳才嫩黄，已有花儿开。
红梅笑灿灿，白雪喜皑皑。
万紫千红百花美，高洁放异彩。

七绝·一剪红梅

一剪红梅光闪耀，
枝头红遍万千条。
绒绒瑞雪银装雅，
瑟瑟春花楚美娇。

七律·梅花泪

红梅瑞雪轻流泪，
吐蕊含芳为了谁。
此去何时能再见，
为你美艳为你醉。
一年一度重相会，
一意一心忘我追。
风雨飘飘又奈何，
千年为你等一回。

毛毛草丛书·心远集

四二

一七令·兰

兰

幽静　淑秀

王者香　空谷透

萧艾迷离　紫肥白瘦

清丽惹人爱　欲折忍下手

数年含泪孤独　几载怀春情露

尽管命中为草木　思恋情爱孰没有

忆王孙·兰花

山山水水百鸟鸣，
草草花花比艳红。
空谷幽兰素素情。
淡香盈，
寂寞孤清度一生。

七绝 · 空谷幽兰

一枝兰草亭亭立，
深谷孤独水畔依。
若有知音来作伴，
终生感动双与栖。

一字至七字诗·竹

竹

翠叶　硬骨

硬气节　柔韧度

外直内空　虚怀若谷

高雅而卓尔　善群且质朴

俭以养德无贪　修身奉廉有束

五绝·竹清

婉婉立清高，
节节持自好。
铮铮硬骨直，
拳拳孤心傲。

江城子·竹节

节节直立向天空。
腹中海，可船行。
柔情刚毅，都在不言中。
帘卷水楼窗外看，风雅颂，雨中情。

五绝·竹林

七贤竹隐遁，
企盼地回春。
绝唱广陵散，
无求有几人。

一七令·菊

菊

露浓　霜挂

秀花城　黄金甲

晚秋欲艳　羞落百花

思念望南山　赏观东篱下

遍绕山边日斜　村村寨寨如画

借问秋华最美处　老叟不语望陶家

五绝·菊仙

菊为地上仙，
姿态妙芊芊。
柔美清纯静，
魂灵荡九天。

五绝·菊花球

菊花抱美球，
恋人瘦难收。
大大圆圆脸，
实实在在头。

五绝·菊花姑娘

含情波荡漾，
思念远飘香。
爱恋丝丝卷，
娇羞楚楚芳。

画堂春·合欢

夫妻原本爱相亲，新郎中考离分。
盼夫到老不甘心，求愿花神。
白日花开绒润，黑天夜伴夫君。
合欢柔美最女人，连叶情深。

七律·牡丹

静静恬恬淑雅女，
白白粉粉玉肤肌。
娇娇腼腆谁人懂，
默默含情邂逅奇。
感谢缘分能偶遇，
珍惜知己不分离。
香飘万里寻郎会，
夜半轻风送君衣。

蝶恋花·水莲

泥沼清出洁自好。

入夏才开，不与春争俏。

大叶圆圆贴水面，招来水鹤栖息叫。

湖畔香飘蝶舞妙。

鲜嫩花蕾，刚露尖尖角。

楚楚芬芳亭亭立，含情淑雅羞羞笑。

七律·紫薇

紫紫花开夏景生，
翁翁郁郁月朦胧。
芬芳远逸香十里，
好运福来满院红。
旧日相识没感动，
今夕又见顿生情。
楼前院里情思晚，
志远宅中入梦同。

五绝·百花

烂漫百花开，
香飘万里外。
男儿趋若鹜，
仙女下凡来。

浣溪沙 · 雪莲花

料峭寒山大雪飞，凛冽北风吹。
雪莲默默待君谁。

一曲琴箫晚夜黑，玉姑窗下泪轻垂。
知心恋友几时回。

七律·花海

茫茫大海阔胸怀，
涌动波涛壮志来。
岁月无声听浪漫，
生活有色看花开。
葵花向日跟随快，
月季扎堆抱紧乖。
只要人生求善美，
山伯总见祝英台。

虞美人·小花

牡丹月季菊花胖，硕大招人赏。
其实小巧也迷人，灵动翩翩轻快又童真。

春来百草花争艳，漫野花地毯。
芬芳簇簇共轻风，愿作繁花一朵醉苍穹。

一七令·花

花

花

红紫

芳葩

白如玉

艳为霞

莺歌燕舞

绚丽风华

引蜂蝶爱吻

招墨客入画

芳草不输芳树

东家美过西家

愿得桃园一亩地

一茶一酒乐无涯

踏莎行·昙花

几许深宅，些微天籁，清清月亮明江海。
鸟儿入睡已无声，韦陀静坐悄悄待。

暗暗飘香，悠悠瓣展，昙花怒放心澎湃。
情人玉帝恨拆开，天涯海角悲无奈。

五绝·仙客来

楚楚有花开，
姗姗无苦海。
玫瑰去串门，
仙客来家拜。

木兰花·朱顶红

河边绿草随风动，草里一棵朱顶红。
远方翘首望君来，君至春心羞跳动。
当年藕断莲花池，今日丝连云水洞。
此欢只有夜中圆，岂料白天成真梦。

五绝·油菜花

片片闪金光，
油油春荡漾。
蜂蝶燕子飞，
布谷黄鹂唱。

如梦令·百花

世上百花无数，特有艳香皆妹。
一见醉心扉，只赏一枝俏楚。
如故，如故，哪怕群芳嫉妒。

五绝·薰衣草

紫色薰衣草，
芳香远远飘。
天堂如梦幻，
浪漫洒欢笑。

五律·紫藤

紫色挂凉亭，闲人雅兴浓。
春天来紫气，环绕向东升。
高贵而神圣，轻灵又凝重。
多情黄胜绿，浪漫紫出红。

五绝·紫罗兰

浪漫紫罗兰，
温馨静静甜。
含情深脉脉，
轻柔舞翩跹。

鹧鸪天·白雪玫瑰

玫瑰芬芳可长留，从春到夏又冬秋。
弥天大雪忽然降，不等鲜花苦命愁。

心不悔，泪无休，终生灿烂又何求。
心灵凄冷情依旧，待到来年再风流。

五绝·秋夜玫瑰

漫漫长夜里，
秋风水冷凄。
孤独静默默，
谁与共依依。

五绝·古树

挺立入仓天，
坚强万古传。
风霜何所惧，
有爱在人间。

浪淘沙·胡杨林

大漠雪阑珊，风转团团。
胡林最耐夜风寒。
雪挂满身都是笑，一展雄颜。

独自立沙山，遥望天边，千年期待万年瞻。
枯尽融融春烂漫，花漫荒原。

三、蜂蝶鸟兽

五绝·海鸥

并肩游绿水，
比翼海天飞。
一旦倾心爱，
终生永伴随。

鹊桥仙·仙狐

深山古木，千年超度，祈盼人间结庐。
白狐苦炼果成仙，可胜过情缘无数。

柔情似水，焦心如火，不顾鹊桥归路。
两情若是久长时，更在意、朝朝暮暮。

浣溪沙·春燕

毛毛小草绿茵茵，朵朵花开笑吟吟。
燕子归来才是春。
白白肚皮黑黑身，低飞水面高入云。
百鸟春燕最迷人。

五绝·蝴蝶

一生几变形，
最后化蝶生。
为爱做媒舞，
传情快乐中。

天净沙·鸳鸯

黄柳绿草红花，春来候鸟还家。
夜晚凭栏望遐。
月明星挂，水中鸳鸯嘻哈。

荷花杯·白鹭

明月中秋怀想，白鹭，立荷塘。
仰头含泪望月亮，思念，水茫茫。

十六字令·孔雀

美，男儿花衣为了谁。
君知否，开屏累不累。

蝶恋花·蝴蝶

蝶蛹长冬等太久，羽化成仙，起舞翩翩秀。
日日花间忙溜走，薄薄翅膀朱颜瘦。
坡上百花湖畔柳，短暂停留，甜蜜知无有。
遍野漫山闻又嗅，哪知禽鸟人在后。

诉衷情·蜜蜂

辛劳碌碌为谁扛，哪知蜜甜香。

漂泊远千嶂，风苦苦，雨汤汤。

回到家，奉出粮，又何方。

进出无数，暑冷兼行，乐在奔忙。

五律·鱼乐

发小大石河，开心堤畔坐。
山林懂鸟欢，水草知鱼乐。
岁月无声落，生活平淡过。
摇头快快游，摆尾悄悄躲。

步步娇·白鹤

白鹤天仙人间过，从此不离舍。

长腿长脖寿长活，品高纯，正直雅洁福乐。

调笑令·白马

白马，白马，
远走天山脚下。
荒原草地独行，
苍苍莽莽泪含。
含泪，含泪，
边声连角日坠。

谒金门·白鸽

晓日爬，遍野霞光披挂。
神圣白鸽衔橄榄，和平播撒下。

咕咕祈祷，世界大同描画。
社会祥和人有爱，幸福千万家。

点绛唇·白羊

山下羊公，天堂神女来恭敬。
善良温顺，淳朴人称颂。

羊大美生，友爱缘尊重。
白绒暖，三羊开泰，福乐草民共。

天仙子·白天鹅

本是天仙来下凡，到来尘世寻美善。

雅洁高贵气轩昂，白翅展，莲花绽，碧水蓝天同烂漫。

岸上绿黄沙草软，水里清波红掌暖。

自由心中是家园，怀理想，翱翔远，万里长空飘俯瞰。

七绝·小精灵

春回大地万物生，
又见柳绿和花红。
莺歌燕舞翩翩飞，
蹦来跳去小精灵。

毛毛草丛书·心远集

九二

四、节气时令

五律·争春

千岭兽归穴，家家人已歇。

何来闻管乐，玉女鸟鸣学。

最早迎春雪，花香梅引蝶。

争春她为先，谁能更高洁。

蝶恋花·望春

又是一年新春到。

白雪飘飘，红梅已含苞。

冰封大地正回暖，万水千山待娇娆。

百花齐放春光好。

绿柳欢闹，黄鹂又鸣叫。

万马齐喑不见了，自由驰骋乐逍遥。

蝶恋花·新春

好雨无声万物醒，柳绿梅红，大地春潮涌。
酒醉诗吟谁与共，泪流如雨相思弄。

又想当年初相逢，楼下遇君，君似兰花静。
独立窗前常入梦，月光荡漾花影动。

绛都春·立春

新春又到。

大地瑞雪飘，阳光晴照。

阵阵暖风，南燕回归梅花笑。

河边田头屋檐下，缝石里，黄黄新草。

河开冰掉，莺歌燕叫，鲤鱼欢闹。

春早，依然料峭。倒春寒、也许些微前兆。

自然进程，万物回阳才欢笑，河山千里繁花茂。

好不好、终能知晓。

祝福百姓平安，祖国更俏。

七律·早春

春风五九河边柳，
嫩嫩鹅黄爬上头。
燕子轻歌歌婉婉，
鸳鸯戏水水幽幽。
红花暗自清香走，
绿草明白淡味流。
静静春江鸭有暖，
空山荡荡鸟无愁。

浪淘沙·踏春

踏春抱东风，红紫欢情。
野鸭对对拽相从。
又见当年山上景，绿柳黄莺。

岁月走匆匆，规律无情。
桃花人面不相同。
憧憬年年花更美，谁与龙钟。

解连环·春暖花开

雪融冰化，阳光甜蜜蜜，彩云如海。

转瞬间，春暖花开，燕回蜜蜂忙，彩蝶传爱。

梨树白白，藤萝紫，百花坡盖。

牡丹芍药地，桃粉院中，红杏墙外。

山青柳黄草绿，引天鹅喜鹊，迫不及待。

气象新，除去淤淤，冷冬必无存，鸟鸣天籁。

负重裹披，早脱掉，一身轻快。

夏风来，海涛奋起，浪潮澎湃。

醉花阴·春早

红尘迟暮春来早，夕阳无限好。
梅花白雪飘，新绿小草，燕子又来到。
老人旧日曾年少，也有花之俏。
今夕彩霞妙，月近星高，明早花更娇。

五律·醉清风

春暖醉清风，风吹月季红。

红花伴绿柳，柳绿意浓浓。

浓酒醉花影，影丛做春梦。

梦中酒未醒，醒酒晓风轻。

卜算子·暖日

寒月冬未走，暖日春已来。
河边垂柳才嫩黄，已有花儿开。
红梅笑灿灿，白雪喜皑皑。
万紫千红百花美，高洁前卫排。

七律·春恋

缘分相识在春天，色彩斑斓绿草鲜。
李杏桃樱花粉粉，青山绿水天蓝蓝。
草原旷野相思远，山色湖光情意缠。
绿草茵茵同梦境，依依柳絮抱成团。

五律·夏至

阳光仍灿烂，白日已缩短。
缈缈春心在，飘飘夏梦连。
豆腐一大碗，青菜两平盘。
黄杏酸牙口，黑白桑葚甜。

七律·秋恋

相知爱恋在秋天，硕果丰盈满满篮。

粟果开苞红嘴笑，弯腰稻谷灿如仙。

黄栌银杏红枫岭，翠柏青松白桦山。

苦雨凄风同患难，长路漫漫共悲欢。

醉花阴·重阳

晴空万里秋高爽，白云悠悠荡。
佳节又重阳，枫叶红黄，登高人成双。

山头欢聚笑声朗，美酒飘浓香。
放眼极处望，无限风光，地久而天长。

长相思·无愁

叶子黄，草挂霜，大雁南飞向远方。
中秋洒月光。

静荷塘，美夕阳，袅袅吹烟晚霞长。
何来淡淡伤。

五绝·雪城

大雪盖弥彰，
古城埋梦想。
悲凄老旧瞻，
眷恋家乡望。

渔家傲·瑞雪

傍晚朦胧飞瑞雪，苍茫大地无边界。
四野天边一片白，千万里，空寥鸟兽人踪灭。

唯有老翁蓑笠冷，西山落日残阳血。
禅境圣洁雪满地，寒江上，潇潇孤影西风烈。

五绝·山雪

高山大雪白，
峡谷水长来。
百草森林貌，
飞禽走兽呆。

谒金门·回阳

冬过半，数九严寒凶悍。

大雪皑皑黑已短，长阳终有盼。

冷到极端回暖，酷至无边极限。

地气回阳风向转，燕莺春不远。

忆秦娥·化雪

雪飘落，漫山遍野白衣着。
白衣着，清清冷冷，暖暖和和。

踏雪寻梅上山坡，阳光灿灿雪化了。
雪化了，又还春色，又还快活。

五绝·春秋

昨日春杨柳，
今天落叶秋。
时空山永恒，
岁月水长流。

七律·春节快乐

甲子羊年逝水过，
悠悠岁月去如梭。
节日好友来相聚，
笑语欢声喜酒喝。
大肉鸡鸭无健硕，
清茶水果有康茁。
轻松坦坦开心尽，
浪漫陶陶快乐多。

菩萨蛮·过年

欢欢乐乐除夕聚，家家户户团圆喜。
深夜饺子香，拜年祝愿忙。

噼啪鞭炮庆，烦恼无踪影。
社会有清明，人民享太平。

五绝·初五子夜

桌前陪夜静，
窗外伴寒风。
鞭炮稀疏去，
枝芽孕育生。

五、多彩生活

七绝·八雅

人生品位修八雅，
书画琴棋诗酒茶。
只有花儿羞无语，
缤纷浪漫吐芳华。

七律·九雅

琴音天籁绕梁鸣，
棋奕纹坪论死生。
书法精神气淡定，
画图想象美仙宫。
诗词碗里吃春露，
茶酒杯中饮夏风。
花卉清香熏好友，
玉石雅兴染亲朋。

五律·悠悠处

一棵绿柳下，一碗小桌茶。

一位相思女，一席话语佳。

一棵春柳下，一阵暖风刮。

一梦帘幽处，一枝牡丹花。

七律·兴趣

气定读书进幻虚，
神闲写字入痴迷。
烟花水畔听鸣鸟，
柳树阴中下象棋。
房后近观山北苣，
窗前远望岭南菊。
弗说功劳清福享，
不羡名利乐朝夕。

点绛唇·琴箫

春夜良宵，窗前长夜星光照。
夏荷啼鸟，绿柳黄莺叫。

秋是寒霜，冬是人将老。
还寻找，天涯芳草，共赏琴箫妙。

五绝·知行

志远快行足，
钻研慢读书。
深思强智慧，
实践胜清屋。

七绝·创作

夜阑静静寻灵感，
白昼昏昏找睡眠。
苦想冥思如梦境，
翻书弄笔赛神仙。

一七令·书

书

神物

香气足

字字肌珠

知识百宝库

颜如玉黄金屋

痴迷深入出幸福

七绝·写书

花红柳绿宜行路，
苦雨凄风好写书。
君问哪得神如许，
只因电脑有知足。

五绝·沧桑

老树何沧桑，
小盆里面装。
春花观美景，
秋果嗅甜香。

五绝·微缩盆景

盆景变微缩，

平添趣味乐。

珍玩擎掌上，

喜爱挤书桌。

七律·清静

无为静静得修养，
享受生活日月光。
采下东篱菊粉紫，
南山遥望枦红黄。
一茶一饭一碗汤，
一酒一诗一暗香。
凑手麻坛情趣事，
无人聚会弄文章。

钗头凤·月下

群芳秀，独无凑，柳前欣赏星光瘦。
夜垂落，寒衣裹，牡丹园里，晓风独坐。
我，我，我！

纱窗透，蝉声漏，雁群飞走情依旧。
夕阳躲，霞光没，塌前窗下，月光清澈。
默，默，默！

五律·酒友

一碗花生豆，二斤二锅头。
三盘豆腐丝，四两酱牛肉。
五姐喝小口，六哥走大流。
七妹笑晕菜，八弟叫不休。

七绝·醉酒

春暖微风酒不醒，
清晨口角引蝶蜂。
河边柳下呼呼睡，
不管他人火燎中。

五律·咂摸

饮酒味辛辣，君子偏爱它。

推杯有讲究，不闹怎嘻哈。

干下这杯酒，烦恼苦算啥。

千杯知己醉，醒后续咂摸。

七律·聊天

也许聊天即艺术，
精深处处弄清楚。
话题互动神来去，
幽默轻松妙进出。
感叹不如人领悟，
倾听胜过己读书。
人家体会多思考，
理解明白路坦途。

醉花阴·有趣

劳作生活须有趣，兴彩欢声语。

彻悟懂人情，事理精通，智慧人称许。

爱好广博高品第，搞笑多花絮。

和善似亲人，幽默高级，逗乐陶然喜。

五绝·古琴

苍茫辽远坠，
天籁绕低回。
流水高山断，
伯牙子期没。

五绝·围棋

坐隐真国粹，
精深有九维。
人生如游戏，
博弈忘忧悲。

七绝·品茶

酌茶原本为实用，
品茗意境妙提升。
闻香魂魄出凡世，
回味无穷入空灵。

五律·麻将

麻将为国粹，横眉会有呸。
搓玩多技艺，人性见毫微。
工具本无罪，全凭用者谁。
怡情生雅乐，伤害成祸魁。

五律·旗袍

淑雅而古典，端庄又辣甜。

窈窕愈文静，神韵亦腼腆。

轻轻走雨巷，倩倩举油伞。

翩翩俊秀女，楚楚旗袍穿。

七律·生活色彩

惬意生活多色彩，
常有月季心中开。
围棋绘画闲优雅，
书法古琴美开怀。
遛鸟观花读大海，
听歌赏乐看聊斋。
自然美景心情好，
家庭和睦福气来。

六、感物怀人

五律·院子

院子是个啥，房屋家外家。

阶前夏乘凉，地里秋收纳。

紫豆绿瓜仁，红桃青柿俩。

棋盘月季旁，美酒藤萝下。

五绝·幼儿记忆

青松山上立，
绿柳水边依。
毛草柔柔梦，
合欢美美迷。

五律·童年乐

添碗常挨饿，童年快乐多。

拽包克房子，打仗藏闷哥。

游泳去趴浪，摘桃上山坡。

挨说哪算事，功课有蹉跎。

长相思·娇羞

娇羞羞，慢悠悠，
轻拨额发兰花秀。
默默俏声走。

桃花面，梨花手，
静静依偎媚低头。
醉心那温柔。

五律·儿时

两小无猜忌，麻杆竹马骑。
青梅酸倒牙，甘蔗笑眯眯。
山上摘酸枣，河沟玩坝泥。
光阴飞似箭，相见已六十。

七律·晨妆

一场春风小雨凉，
一枝月季送花香。
一声鹊叫惊晨梦，
一股悲伤懒起床。
一面窗户朝哪望，
一盒粉黛为谁妆。
一滴苦苦相思泪，
一段深情寄远方。

长相思·思情

永定流，温榆流，
漕运通州古码头。
灵山点点愁。

思悠悠，情悠悠，
情到归西始方休。
月黑醉苦酒。

天净沙·牵挂

岸边绿柳红花，水中黑鹤白鸭。

铁蛋石头胖娃。

谁人捎话，老哥们老牵挂。

五绝·尊重

平等缘修养，
谦尊始善良。
内心真有敬，
表面假无藏。

天净沙·情深

真意情重情深，假心情浅情混。
一世一生感恩。
情为何物，思恋情笃情人。

长相思·惜缘

守住心，走好路，
珍惜缘分好相处。
有你就知足。

乐同享，难相助，
真实情感真流露。
善良得幸福。

五律·缘分

相遇靠缘分，相识拜月神。
心如宝石红，情似水莲纯。
薄雾出山门，浓云入密林。
红尘何走远，同是性情人。

长相思·灵犀

山有风，水有声，
山水风声总关情。
都在不言中。

花如梦，草成影，
花草梦中影相拥。
灵犀一点通。

五绝·挚友

文学缺挚友，
艺术鲜同舟。
相伴寻知己，
高山觅水流。

七绝·知音

深林涧谷寻仙人，
流水高山觅知音。
梦与七贤同赏月，
愿跟李杜共诗吟。

何满子·依依

红粉依依并蒂，黄莺紧紧同栖。
梦里缠绵情意，日间寸步难离。
处处时时一起，相亲举案齐眉。

七绝·为谁

你为谁轻轻彩画，
我和谁灿灿风华。
他跟谁醉酣秋水，
谁与谁风里扬花。

点绛唇·报恩

一对情侣，发小萌发纯友谊。
兄妹相惜，灵犀无须语。

相互感激，恩报以命许。
情何依，连心同去，入土同成泥。

长相思·晚情

水流长，秋未央，
白鹤蓝天向南方，
遍地染金黄。

水寒凉，闪波光，
灿烂晚霞染头霜，
依然情荡漾。

声声慢·知己

寻寻觅觅，燕柳依依，风风雨雨凄凄。

灯火阑珊偶遇，映红无迹。

三天两夜重提，怎耐得、酒干人迷。

雁来也，更伤心，不见旧时相识，头上白发啼嘘。

英俊去，无痕浪漫旖旎。默默无语，芳草柔情迷离。

春花更兼松立，到如今、惨惨戚戚。

忆往昔，好一场、情爱传奇。

七律·红尘相伴

月亮清晖照小楼，
黎明喜鹊叫梢头。
巍巍高山望大海，
彩云飘飘伴海鸥。
短短人生如箭走，
悠悠岁月似溪流。
亲朋聚会常欢乐，
伴侣同行永夏秋。

忆秦娥·父子

为人父，儿子培养真辛苦。
真辛苦，内存不够，六神无主。

以为容易平常路，过来方知儿无助。
儿无助，至今后悔，几多失误。

五绝·父爱

脸色似冬寒，
期望重泰山。
明白知父爱，
遗憾到坟前。

七律 · 夫妻

双双对对永为花，
我我卿卿久絮话。
岁岁年年相抚慰，
生生世世爱情咖。
相依相偎一心挂，
相爱相亲世上家。
风雨同舟相与共，
林深叶茂伴山峡。

七律·已未感言

马蹄踏踏已走远，

羊角咩咩到近前。

又见春秋添一岁，

相逢甲子绕一圈。

时光荏苒如同箭，

岁月流年恰似船。

澎湃心潮多感慨，

夕阳西下盼回环。

一剪梅·邓丽君

清秀高洁佳丽君。

红颜薄命，香消玉殒。

活泼含笑曲温馨。

梁绕回音，楚俏超群。

花自芬芳香自闻。

一脸情伤，两眼凄神。

歌声飘逸魂永存。

减字木兰花·赵丽蓉

年少名传，
评剧功夫不一般。
春晚红紫，
幽默憨实像日子。
扬名立腕，
国际名声如过年。
精品回味，
永久传扬好口碑。

相见欢·曹雪芹（一）

泪干独上西山，月如船。
发小姑娘不见、枉凭栏。
难忘记，还思恋，是熬煎，
旧日童真甜蜜、在心间。

七律·曹雪芹（二）

华夏文人呈海数，

谁人可以右其出。

增删五次艰巨有，

批阅十年苦痛无。

刻画精心描事物，

雕琢细致写心书。

投身艺术无须懂，

沥血呕心也满足。

鹧鸪天·红楼梦

时代悲歌已定型，谁能逃过命中凶。
佳人才子做春梦，愿望果实晚秋空。

薄利禄，淡功名。
雪白大地沐清风。
人生究竟何义有，就在心灵赋予中。

浪淘沙·宝玉

含玉到官家，旷世才华。
功名利禄眼无夹。
社会污浊身不染，白玉无暇。

爱美喜欢花，艺术极佳。
女人多半水清华。
天下谁人能黛玉，远走天涯。

钗头凤·黛玉

人如柳，风吹走，红颜薄命心高就。
人言丑，亲情瘦，知音婚媾，世间难有。
扭，扭，扭！

心思漏，情空守，谢花飘泪泥中沤。
心相凑，谁人救，怜悯无受，痴人伤透。
怄，怄，怄！

楚辞·湘云

心纯朴之淘气兮，性率真不乖张。

本天然其美貌兮，言语快而爽朗。

爱芍药以醉卧兮，春和秋俱歌唱。

有才情与豪放兮，无忧虑任痴狂。

叹好人没好命兮，怎奈何嫁错郎。

又见面已全非兮，独忧伤且悲怆。

怕回家也不得兮，此苦难不能帮。

再相见求渡鹤兮，天涯人各断肠。

定风波·湘莲

院内之中男不男，
英雄来客柳湘莲。
三姐刚直而淑女，倾慕，
定情宝剑爱相连。

听信传言方寸乱，肠断，
泪珠挥洒竹林间。
烈女含屈缘分浅，挥剑，
柳君羞愧走天边。

天仙子·宝钗

最是宝钗无妄想，没有是非真善良。
十全十美懂人情，不嫉妒，不卑亢。
白璧无瑕君子样。

偏有说她披伪装，冤枉包容如既往。
依然故我与人亲，帮解难，真愿望。
天下女人谁可上。

七、格物偶得

2006 11 3

七绝·禅悟

大度谦和品自高，
积德行善性格好。
人生悟透则为慧，
清净禅心淡定超。

五绝·禅韵

禅韵在禅静，
禅思禅定中。
禅歌禅有悟，
禅坐愈禅宁。

更漏子·禅静

静梵音，香缭绕，古刹月明悄悄。
经默诵，悟心禅，裹袈陪夜寒。

青灯暮，三更鼓，打坐佛前信度。
一通通，一声声，木鱼听晚钟。

八至·真善美

至善至恶人性，
至美至丑心灵。
至真至伪誓言，
至重至轻感情。

七律·祝福歌

一帆风顺二龙飞，
开泰三羊四平瑞。
门到五福六平安，
七星高照宝八堆。
福来九久天天美，
喜庆十实日日回。
欢乐全家年大过，
团圆庆祝酒香追。

江城子·风骨

一身葱绿淡平生，不嫉妒，自清静。

千年恪守，廉正好德行。

纵使山中无赞赏，

不怨命，笑从容。

夜来风雪太寒冷，

无遮挡，任横行。

坚强英勇，唯有泪轻声。

只盼天明得日暖，还挺立，更威风。

七律·乐观

人生统共乐十甜，
俺有其中九成半。
心态平衡身体棒，
常开笑口在心间。
天天总有香茶饭，
月月常来好友团。
快乐读书花草赏，
轻松锻炼保平安。

七绝·反做

短短人生须慢过，
清茶苦涩要甜喝。
陈年往事新回忆，
深厚情谊肤浅酌。

诉衷情·回乡

横舟无人月波长，鸥鹭正忧伤。
近山野渡无路，何处望家乡。

风吼叫，声如狼，泪行行。
月黑奔命，拂晓晨霜，忽见君郎。

五绝·柳枝

爱侣眼中诗，
馋人腹里食。
牧童吹口哨，
老叟醉春枝。

七绝·清欢

生活安逸喜清欢,
高雅悠闲乐淡然。
心曲平和寻素净,
幸福就在感觉间。

青玉案·白马

春风一夜花千亩，绿草畔，蝶无数。
白马河边轻漫步。
少年英俊，红衣马裤，矫健钢刀舞。

青山倒影波光闪，绿柳荫遮黄鹂楚。
万水千山行远渡。
骁勇忠诚，漫漫征途，不见回家路。

如梦令·梦境

行至桃源仙境，桃花清风微动。

有幸见陶翁，一坛老酒与共。

如梦，如梦，东篱南山吟颂。

七绝·墨影

雾霭江南于墨影，
烟云淡淡漫心灵。
水天浩渺无分色，
杨柳依依有恋情。

七律·敬畏

高高大大梧桐深，
矮矮缩缩树下人。
宇宙无垠深奥妙，
心生敬畏祭天神。
巍然屹立经风雨，
潇洒飘零化泥尘。
大步走来无抱憾，
百年入土有灵魂。

五律·原木家具

家具为原木，花纹漂亮图。
天工巧画作，漆掩太糊涂。
观看天然瞩，扶摸感享福。
年轮远古事，香味万年出。

七律·懂得

懂得才会有心同，
理解方能颖慧通。
海角天涯寻挚友，
高山流水觅琴声。
感觉互悦为美婧，
观点相左是难兄。
知己人生陪好友，
灵犀一点伴温情。

五律·心性

心性骨中萌，天然血液融。
德行标品位，修养悟禅明。
柔韧锻打挺，刚直淬火生，
善良自内敛，忠义因虔诚。

风入松·悟性

眼睛锐利似明镜，仔细看门清。
区别对比须分析，何如斯，道理其中。
规律一旦找到，咂摸所以能灵。

了然心记再验证，触类可旁通。
心得体会常归总，勤琢磨，渐渐精明。
逻辑关系真懂，思维方法成型。

五律·女人性格

温柔淡雅美，良善瑞慈眉。

目秀含情默，端庄笑脸堆。

婆说媳附对，夫唱妇跟随。

明理知书外，温柔贤慧内。

七律·韵致

端庄大气清高质，
颖慧温柔水玉瓷。
桃粉红梅白茉莉，
清莲月季暗香迟。
诗文顺口精明识，
书画轻描美景施。
妙惠香兰如小婉，
秋红黛玉赛西施。

虞美人·思绪

昨夜芭蕉滴答吵，夜梦知多少。
今日桃花依旧红，往事不堪回首那段情。

湖边垂柳应犹在，只是花已败。
问君为谁而温柔，恰似团团柳絮绕心头。

五绝·韵味女人

善良缘性本，
修养悟精深。
智慧风情解，
温柔淡雅纯。

七律·阅读人生

人生步步在阅读，
万物茫茫俱是书。
唯有本心最难懂，
夕阳西下仍糊涂。
虚名多多终无属，
欲壑深深总有图。
一命呜呼白痛苦，
天天能醒享清福。

永遇乐·文学之人

爱美之心，爱说成瘾，爱写着魔。
白日昏沉，夜间走火，自己无寂寞。
冥思苦想，肝肠寸断，好友亲朋全躲。
夜茫茫，搜索枯肠，偶得好句狂乐。

天涯倦客，山路无我，望断雁飞南国。
燕去楼空，家人何在，院子房门锁。
红楼如梦，痴心隽永，但有老树新果。
苦还苦，依然创作，怡然自得。

七律·人生过路

人生过路一挥间，
百年不足四万天。
乌有名声无所谓，
鸡毛琐事扯淡咸。
精神上好烦忧减，
心态轻松快乐添。
岁月如梭快快飞，
生活似酒暗香远。

桂枝香·认识自己

认识自己，古来大课题，心理剖析。

本性深深几许，万千头绪。

少年梦想何为寄，爱什么，多少潜力。

大千尘世，繁杂诱惑，有无沉迷。

到现在，芳龄庚序。

具有啥才能，多少成绩。

社会阶梯，那个层级希冀。

经年旧事如流水，

悟出心得似学历。

审评完善，再接再厉，鹏程天宇。

五律·甲子

生命快如骥，飘乎甲子离。
听言都耳顺，大半已归西。
十六满豪气，青年狂奋蹄。
六十再往复，志在与天齐。

醉花阴·夕阳

残冬迟暮春来早。晨曦无限好。

梅花白雪飘，新绿小草，燕子又来到。

老人旧日曾年少，也赏花枝俏。

夕阳彩霞妙，日落星高，明早柳更娇。

七律·晚年

宁静生活小村庄，
亲人相伴幸福享。
夕阳西下湖边走，
灿烂朝霞美时光。
片片鲜花旋绽放，
飘飘燕子舞幽香。
清晨红日窗前站，
夜晚星空立水旁。

六州歌头·平心看

燕山望断，回望路弯弯。

征尘暗，霜风乱，雪还寒，到西山。

追想当年事，知天命，非人算，还青涩，实幸运，讲书坛。

师范就留，快乐和英语，文体同玩。

未曾给人看，白马走平川，伯乐相识，运平添。

信心发现，做规划，大鹏展，傲蓝天！

时不待，来师院，再留园。

顺风帆。

可叹途遭难，飞鸿落，大黑天。

运又起，科学院，已中年。

开始文发书撰，仍勤勉，虹现奇观。

一生平心看，基本可开颜。

甲子冲还。